SELECCIÓN DE POESÍA

Gertrudis Gómez de Avellaneda

A LAS ESTRELLAS

Reina el silencio: fúlgidas en tanto
luces de paz, purísimas estrellas,
de la noche feliz lámparas bellas,
bordáis con oro su luctuoso manto.

Duerme el placer, mas vela mi quebranto,
y rompen el silencio mis querellas,
volviendo el eco, unísono con ellas,
de aves nocturnas el siniestro canto.

¡Estrellas, cuya luz modesta y pura
del mar duplica el azulado espejo!
Si a compasión os mueve la amargura

Del intenso penar por que me quejo,
¿Cómo para aclarar mi noche oscura
no tenéis ¡ay! ni un pálido reflejo?

AL SOL
EN UN DÍA DE DICIEMBRE

Reina en el cielo. ¡Sol, reina, e inflama
con tu almo fuego mi cansado pecho!
sin luz, sin brío, comprimido, estrecho,
un rayo anhela de tu ardiente llama.

A tu influjo feliz brote la grama;
el hielo caiga a tu fulgor deshecho:
¡Sal, del invierno rígido a despecho,
rey de la esfera, sal: mi voz te llama!

De los dichosos campos do mi cuna
recibió de tus rayos el tesoro,
me aleja para siempre la fortuna:

bajo otro cielo, en otra tierra lloro,
donde la niebla abrúmame importuna...
¡Sal rompiéndola, Sol; que yo te imploro!

DESEO DE VENGANZA
(Soneto escrito en una tarde tempestuosa)

¡Del huracán espíritu potente,
rudo como la pena que me agita!
¡Ven, con el tuyo mi furor excita!
¡Ven con tu aliento a enardecer mi mente!

¡Que zumbe el rayo y con fragor reviente,
mientras —cual a hoja seca o flor marchita—
tu fuerte soplo al roble precipita.
roto y deshecho al bramador torrente!

Del alma que te invoca y acompaña,
envidiando tu fuerza destructora,
lanza a la par la confusión extraña.

AL DESTINO

Escrito estaba, sí: se rompe en vano
una vez y otra la fatal cadena,
y mi vigor por recobrar me afano.
Escrito estaba: el cielo me condena
a tornar siempre al cautiverio rudo,
y yo obediente acudo,
restaurando eslabones
que cada vez más rígidos me oprimen;
pues del yugo fatal no me redimen
de mi altivez postreras convulsiones.

¡Heme aquí!,¡tuya soy! ¡dispón , destino,
de tu víctima dócil! Yo me entrego
cual hoja seca al raudo torbellino
que la arrebata ciego.

¡Tuya soy!, ¡heme aquí!,¡todo lo puedes!
Tu capricho es mi ley: sacia tu saña...
Pero sabe , ¡oh, cruel!, que no me engaña
la sonrisa falaz que hoy me concedes.

CONTEMPLACIÓN

Tiñe ya el Sol extraños horizontes;
el aura vaga en la arboleda umbría;
y piérdese en la sombra de los montes
la tibia luz del moribundo día.

Reina en el campo plácido sosiego,
se alza la niebla del callado río,
y a dar al prado fecundante riego,
cae, convertida en límpido rocío.

Es la hora grata de feliz reposo,
fiel precursora de la noche grave...
torna al hogar el labrador gozoso,
el ganado, al redil, al nido el ave.

Es la hora melancólica, indecisa,
en que pueblan los sueños los espacios,
y en los aires —con soplos de la brisa—
levantan sus fantásticos palacios.

En Occidente el Héspero aparece,
salpican perlas su zafíreo asiento
y —en tanto que apacible resplandece—
no sé qué halago al contemplarlo siento.

¡Lucero del amor! ¡Rayo argentado!
¡Claridad misteriosa! ¿Qué me quieres?
¿Tal vez un bello espíritu, encargado
de recoger nuestros suspiros, eres?...

¿De los recuerdos la dulzura triste
vienes a dar al alma por consuelo,
o la esperanza con su luz te viste
para engañar nuestro incesante anhelo?

¡Oh, tarde melancólica!, yo te amo
y a tus visiones lánguida me entrego...
Tu leda calma y tu frescor reclamo

para templar del corazón el fuego.

Quiero, apartada del bullicio loco,
respirar tus aromas halagüeños,
a par que en grata soledad evoco
las ilusiones de pasados sueños.

¡Oh! si animase el soplo omnipotente
estos que vagan húmedos vapores,
término dando a mi anhelar ferviente,
con objeto inmortal a mis amores...

¡Y tú, sin nombre en la terrestre vida,
bien ideal, objeto de mis votos,
que prometes al alma enardecida
goces divinos, para el mundo ignotos!

¿Me escuchas? ¿Dónde estás? ¿Por qué no puedo
—libre de la materia que me oprime—
a ti llegar, y aletargada quedo,
y opresa el alma en sus cadenas gime?

¡Cómo volara hendiendo las esferas
si aquí rompiese mis estrechos nudos,
cual esas nubes cándidas, ligeras,
del éter puro en los espacios mudos!

Mas ¿dónde vais? ¿Cuál es vuestro camino,
viajeras del celeste firmamento?...
¡Ah! ¡lo ignoráis!..., seguís vuestro destino
y al vario impulso obedecéis del viento.

¿Por qué yo, en tanto, con afán insano
quiero indagar la suerte que me espera?
¿Por qué del porvenir el alto arcano
mi mente ansiosa comprender quisiera?

Paternal Providencia puso el velo
que nuestra mente a descorrer no alcanza,
pero que le permite alzar el vuelo

por la inmensa región de la esperanza.

El crepúsculo huyó; las rojas huellas
borra la Luna en su esmaltado coche,
y un silencioso ejército de estrellas
sale a guardar el trono de la noche.

A ti te amo también, noche sombría;
amo tu Luna tibia y misteriosa,
más que a la luz con que comienza el día,
tiñendo el cielo de amaranto y rosa.

Cuando en tu grave soledad respiro,
cuando en el seno de tu paz profunda
tus luminares pálidos admiro,
un religioso afecto el alma inunda:

¡Que si el poder de Dios, y su hermosura,
revela el Sol en su fecunda llama,
de tu solemne calma la dulzura
su amor anuncia y su bondad proclama!

MI MAL

En vano ansiosa tu amistad procura
adivinar el mal que me atormenta;
en vano, amigo, conmovida intenta
revelarlo mi voz a tu ternura.

Puede explicarse el ansia, la locura
con que el amor sus fuegos alimenta...
Puede el dolor , la saña más violenta,
exhalar por el labio su amargura..

Mas de decir mi malestar profundo,
no halla mi voz, mi pensamiento, medio,
y al indagar su origen me confundo:

pero es un mal terrible, sin remedio,
que hace odiosa la vida, odioso el mundo,
que seca el corazón...¡En fin, es tedio!

A LA POESÍA

¡Oh, tú, del alto cielo
precioso don, al hombre concedido!
¡Tú, de mis penas íntimo consuelo,
de mis placeres manantial querido!
¡Alma del orbe, ardiente Poesía,
dicta el acento de la lira mía!

Díctalo, sí, que enciende
tu amor mi seno, y sin cesar ansío
la poderosa voz, que espacios hiende,
para aclamar tu excelso poderío,
y en la naturaleza augusta y bella
buscar, seguir y señalar tu huella.

¡Mil veces desgraciado
quien —al fulgor de tu hermosura ciego—
en su alma inerte y corazón helado
no abriga un rayo de tu dulce fuego;
que es el mundo, sin ti, templo vacío,
cielo sin claridad, cadáver frío!

Mas yo doquier te miro;
doquier el alma, estremecida, siente
tu influjo inspirador; el grave giro
de la pálida Luna, el refulgente
trono del Sol, la tarde, la alborada...
todo me habla de ti con voz callada.

En cuanto ama y admira,
te halla mi mente. Si huracán violento
zumba, y levanta el mar, bramando de ira;
si con rumor responde soñoliento
plácido arroyo al aura que suspira...
tú alargas para mí cada sonido
y me explicas su místico sentido.

Al férvido verano,
a la apacible y dulce primavera,

al grave otoño y al invierno cano
me embellece tu mano lisonjera;
¡que alcanzan, si los pintan tus colores,
calor el hielo, eternidad las flores!

¿Qué a tu dominio inmenso
no sujetó el Señor? En cuanto existe
hallar tu ley y tus misterios pienso:
el Universo tu ropaje viste,
y en su conjunto armónico demuestra
que tú guiaste la hacedora diestra.

¡Hablas! ¡Todo renace!
Tu creadora voz los yermos puebla;
espacios no hay que tu poder no enlace;
y rasgando del tiempo la tiniebla,
de lo pasado al descubrir ruinas,
con tu mágica luz las iluminas.

Por tu acento apremiados,
levántanse del fondo del olvido,
ante tu tribunal, siglos pasados;
y el fallo que pronuncias —trasmitido
por una y otra edad en rasgos de oro—
eterniza su gloria o su desdoro.

Tu genio, independiente
rompe las sombras del error grosero;
la verdad preconiza; de su frente
vela con flores el rigor severo,
dándole al pueblo, en bellas creaciones,
de saber y virtud santas lecciones.

Tu espíritu sublime
ennoblece la lid; tu épica trompa
brillo eternal en el laurel imprime;
al triunfo presta inusitada pompa;
y los ilustres hechos que proclama
fatiga son del eco de la fama.

Mas, si entre gayas flores,
a la beldad consagras tus acentos;
si retratas los tímidos amores;
si enalteces sus rápidos contentos;
a despecho del tiempo, en tus anales,
beldad, placer y amor son inmortales.

Así en el mundo suenan
del amante Petrarca los gemidos;
los siglos con sus cantos se enajenan;
y unos tras otros —de su amor movidos—
van de Valclusa a demandar al aura
el dulce nombre de la dulce Laura.

¡Oh! No orgullosa aspiro
a conquistar el lauro refulgente,
que humilde acato y entusiasta admiro,
de tan gran vate en la inspirada frente;
ni ambicionan mis labios juveniles
el clarín sacro del cantor de Aquiles.

No tan ilustres huellas
seguir es dado a mi insegura planta...
Mas, abrasada al fuego que destellas,
¡oh, genio bienhechor!, a tu ara santa
mi pobre ofrenda estremecida elevo,
y una sonrisa a demandar me atrevo.

Cuando las frescas galas
de mi lozana juventud se lleve
el veloz tiempo en sus potentes alas,
y huyan mis dichas como el humo leve,
serás aún mi sueño lisonjero,
y veré hermoso tu favor primero.

Dame que puedas entonces,
¡Virgen de paz, sublime Poesía!,
no transmitir en mármoles ni en bronces
con rasgos tuyos la memoria mía;

sólo arrullar, cantando, mis pesares,
a la sombra feliz de tus altares.

POETA

Y yo —que en mi pecho lo guardo esculpido—
te ruego permitas, duquesa gentil,
que en tonos de mi arpa dirija a tu oído
aquese concierto que escucho feliz.

Me asocio a la noche, los astros, las flores,
las nubes, las aves, los silfos y el mar...
¡Recibe en los suyos mis pobres olores
y cien tiernos votos de fiel amistad!

VOZ DE LAS ESTRELLAS

Por eso adornan la inmensa bóveda
nuestros destellos con franjas de oro,
y estremecidas vertemos pródigas,
de luz cambiantes, de aljófar lloro.

La verdad rara, de nombre eufónico,
que al suelo alumbra cuando lo huella...
¿no es nuestra hermana? Del cielo tórrido
¿no es la más pura, luciente estrella?

LAS CONTRADICCIONES

No encuentro paz, ni me permiten guerra;
de fuego devorado, sufro el frío;
abrazo un mundo, y quédome vacío;
me lanzo al cielo, y préndeme la tierra.

Ni libre soy, ni la prisión me encierra;
veo sin luz, sin voz hablar ansío;
temo sin esperar, sin placer río;
nada me da valor, nada me aterra.

Busco el peligro cuando auxilio imploro;
al sentirme morir me encuentro fuerte;
valiente pienso ser, y débil lloro.

Cúmplese así mi extraordinaria suerte;
siempre a los pies de la beldad que adoro,
y no quiere mi vida ni mi muerte.

VOZ DE CUBA

¡Escucha! Con místicas voces
de extraña dulzura
te dice natura
por qué mi hermosura
se ostenta mayor,
y visten de espléndida gala
la tierra y el cielo,
trocando su anhelo,
del aire en el vuelo,
suspiros de amor.

AL PARTIR

¡Perla del mar! ¡Estrella de Occidente!
¡Hermosa Cuba! tu brillante cielo
la noche cubre con su opaco velo,
como cubre el dolor mi triste frente.

¡Voy a partir!.... La chusma diligente,
para arrancarme del nativo suelo
las velas iza, y pronta a su desvelo
la brisa acude de tu zona ardiente.

¡Adiós, patria feliz, edén querido!
¡Doquier que el hado en su furor me impela,
tu dulce nombre halagará mi oído!

¡Adiós!... ¡Ya cruje la turgente vela...
el ancla se alza...el buque, estremecido,
las olas corta y silencioso vuela!

LA VUELTA A LA PATRIA

¡Perla del mar! ¡Cuba hermosa!
Después de ausencia tan larga
que por más de cuatro lustros
conté sus horas infaustas,
torno al fin, torno a pisar
tus siempre queridas playas,
de júbilo henchido el pecho,
de entusiasmo ardiendo el alma.
¡Salud, oh, tierra bendita,
tranquilo edén de mi infancia,
que encierras tantos recuerdos
de mis sueños de esperanza!
¡Salud, salud, nobles hijos
de aquesta mi dulce patria!...
¡Hermanos, que hacéis su gloria!
¡Hermanas, que sois su gala!
¡Salud!... Si afectos profundos
traducir pueden palabras,
por los ámbitos queridos
llevad —¡brisas perfumadas
que habéis mecido mi cuna
entre plátanos y palmas!—,
llevad los tiernos saludos
que a Cuba mi amor consagra.
Llevadlos por esos campos
que vuestro soplo embalsama,
y en cuyo ambiente de vida
mi corazón se restaura:
Por esos campos felices,
que nunca el cierzo maltrata,
y cuya pompa perenne
melifluos sinsontes cantan
esos campos do la ceiba
hasta las nubes levanta
de su copa el verde toldo
que grato frescor derrama:
Donde el cedro y la caoba
confunden sus grandes ramas

y el yarey y el cocotero
sus lindas pencas enlazan...
donde el naranjo y la piña
vierten al par su fragancia;
donde responde sonora
a vuestros besos la caña;
donde ostentan los cafetos
sus flores de filigrana,
y sus granos de rubíes
y sus hojas de esmeraldas.
Llevadlos por esos bosques
que jamás el sol traspasa,
y a cuya sombra poética,
do refrescáis vuestras alas,
se escucha en la siesta ardiente
—cual vago concento de hadas—
la misteriosa armonía
de árboles, pájaros, aguas,
que en soledades secretas,
con ignotas concordancias,
susurran, trinan, murmuran,
entre el silencio y la calma.
llevadlos por esos montes,
de cuyas vírgenes faldas
se desprenden mil arroyos
en limpias ondas de plata.
Llevadlos por los vergeles,
llevadlos por las sabanas
en cuyo inmenso horizonte
quiero perder mis miradas.
¡Llevadlos férvidos, puros,
cual de mi seno se exhalan
—aunque del labio el acento
a formularlos no alcanza—,
desde la punta Maisí
hasta la orilla del Mantua;
desde el pico de Turquino
a las costas de Guanaja!
doquier los oiga ese cielo,
al que otro ninguno iguala,

y a cuya luz, de mi mente
revivir siento la llama:
Doquier los oiga esta tierra
de juventud coronada,
y a la que el sol de los trópicos
con rayos de amor abrasa:
Doquier los hijos de Cuba
la voz oigan de esta hermana,
que vuelve al seno materno
—después de ausencia tan larga—
con el semblante marchito
por el tiempo y la desgracia,
mas de gozo henchido el pecho,
de entusiasmo ardiendo el alma.
Pero, ¡ah!, decidles que en vano
sus ecos le pido a mi arpa;
pues sólo del corazón
los gritos de amor se arrancan.

VOZ DE LA NOCHE

Sí, sí, las nieblas tristes
—por plácido misterio—
hoy huyen de mi imperio,
de Cuba en la región.
¡Escucha! Precursora
de un alba cual ninguna,
yo alumbro, con mi luna,
de otro astro la ascensión.

VOZ DE LAS AVES

De mirto entre ramos,
con tierna alegría,
su nombre cantamos
porque es melodía.
¡Antonia!...¡qué blanco,
qué ledo sonido!...
Jamás gorjeando
de amor en el nido,
daremos al viento,
del sol a presencia,
más grato concento,
más dulce cadencia,
más bella canción.

VOZ DE LA LUNA

Brotó esta zona
de ese astro el brillo,
y aunque me humillo
su luz al ver,
como un tributo
le doy la mía....
¡De Antonia el día
va a aparecer!

VOZ DE LAS FLORES

En tanto nuestros cálices
se entreabren virginales;
perfumes sin iguales
derraman por doquier:
que anuncian festejamos
— cual nunca jubilosas —
la flor de las hermosas
que Cuba vio nacer.

VOZ DE LOS ARROYOS

Y yo lo escucho, mis ondas rizo,
murmuro plácido, y me deslizo
de flor en flor.

LA PESCA EN EL MAR

¡Mirad!, ya la tarde fenece...
La noche en el cielo
despliega su velo
propicio al amor.

La playa desierta parece;
las olas serenas
salpican apenas
su dique de arenas,
con blando rumor.

Del líquido seno la luna
su pálida frente
allá en occidente
comienza a elevar.

No hay nube que vele importuna
sus tibios reflejos,
que miro de lejos
mecerse en espejos
del trémulo mar.

¡Corramos!... ¡Quién llega primero!
Ya miro la lancha...
Mi pecho se ensancha,
se alegra mi faz.

¡Ya escucho la voz del nauclero,
que el lino despliega
y al soplo lo entrega
del aura que juega,
girando fugaz!

¡Partamos! La plácida hora
llegó de la pesca,
y al alma refresca
la bruma del mar.

¡Partamos, que arrecia sonora
la voz indecisa
del agua, y la brisa
comienza de prisa
la flámula a hinchar!

¡Pronto, remero!
¡Bate la espuma!
¡Rompe la bruma!
¡Parte veloz!

¡Vuele la barca!
¡Dobla la fuerza!
¡Canta, y esfuerza
brazos y voz!

Un himno alcemos
jamás oído,
del remo al ruido,
del viento al son,

Y vuele en alas
del libre ambiente
la voz ardiente
del corazón.

Yo a un marino le debo la vida,
y por patria le debo al azar
una perla —en un golfo nacida—
al bramar
sin cesar
de la mar.

Me enajena al lucir de la luna
con mi bien estas olas surcar,
y no encuentro delicia ninguna
como amar
y cantar
en el mar.

Los suspiros de amor anhelantes
¿Quién, ¡oh, amigos!, querrá sofocar,
si es tan grato a los pechos amantes
a la par
suspirar
en el mar?
¿No sentís que se encumbra la mente
esa bóveda inmensa al mirar?

Hay un goce profundo y ardiente
en pensar
y admirar.
en el mar.

Ni un recuerdo del mundo aquí llegue
nuestra paz deliciosa a turbar;
libre el alma al deleite se entregue
de olvidar
y gozar
en el mar.

¡Prestos todos!... ¡Las redes se tiendan!
¡Muy pesadas las hemos de alzar!
¡Prestos todos, los cantos suspendan,
y callar
y pescar
en el mar!

PAISAJE GUIPUZCOANO

Suspende, mi caro amigo,
tus pasos por un instante:
no está la ermita distante,
y apenas las cinco son.
Ven a admirar —bajo el toldo
de aquellos verdes ramajes—
los pintorescos paisajes
de esta encantada región.

Mira a tus pies ese río,
cuyas herbosas orillas
millones de florecillas
cubren, difundiendo olor;
y desde el borde escarpado
oye las mansas corrientes
deslizarse transparentes
con soñoliento rumor.

Hileras de álamos blancos,
que el hondo cauce sombrean,
sus altas copas cimbrean
del viento al soplo fugaz;
mientras pescan silenciosos,
con luengas cañas y anzuelos,
dos vigorosos chicuelos
de viva y morena faz.

Mira en torno cuál se extienden
cuadros de trigos dorados,
por ricas franjas cortados
de verde-oscuro maíz;
y esos tan varios helechos
—fieles hijos de las sombras—
que prestan al bosque alfombras
de primoroso matiz.

¿Ves allá los caseríos
—que siembran el valle a trechos—

levantar sus rojos techos
de entre el verde castañar?
¿Ves cuál visten sus paredes
de parra lindos festones,
y cómo van los gorriones
sus racimos a picar?

Mas que ya las chimeneas
despiden humo, repara,
anunciando se prepara
la cena del segador;
y a las vacas lentamente
mira bajar de esos cerros,
llamando con sus cencerros
al perezoso pastor.

Mas, ¡oh!, ¡ve! También desciende,
saltando por entre breñas,
turba de niñas risueñas
que acá parece venir.
Sí; no hay duda: ramilletes
nos ofrecen con empeño...
¿Comprendes tú, caro dueño,
lo que nos quieren decir?

¡Ah!, sabe que esos perfumes,
que rinden cual homenaje,
sólo son mudo lenguaje
de un triste y constante afán;
pues —con rara poesía—
el mendigo guipuzcoano,
cubre de flores la mano
que tiende pidiendo pan.

Acepta al punto, ¡querido!
¿Quién hay que negarse pueda
a cambiar una moneda
por cada hermoso clavel?
Venid, niñas, cada tarde;
yo en el trueque me intereso,

y si al ramo unís un beso
garante os salgo de él.

¡Pero no entienden!... ¡Se alejan!
Mira por esos barrancos
saltar, desnudos y blancos,
sus breves y lindos pies...
Se detienen, se sonríen
viendo en mi pecho sus ramos,
y ligeras como gamos
desaparecen después.

Mientras tanto las montañas
sus picachos desiguales
van envolviendo en cendales
de gualda, azul y arrebol,
y en su carro majestuoso
— surcando el tibio occidente —
hunde a su espalda la frente,
cansado de vida, el sol.

A su postrera mirada
y a su postrera sonrisa,
suspiros vuelve la brisa,
perfumes vuelve la flor,
y llanto puro los cielos
vierten en el valle umbrío,
que lo convierte en rocío
de delicioso frescor.

¡Oh!, ¡mira! Ya por las faldas,
que cubren altos castaños,
bajando van los rebaños
para acogerse al redil...
Ya los niños sus anzuelos
han recogido y su pesca,
y se van armando gresca
con regocijo infantil.
. . . .

CUARTETOS ESCRITOS EN UN CEMENTERIO

He aquí el asilo de la eterna calma,
do sólo el sauce desmayado crece...
¡Dejadme aquí; que fatigada el alma,
en aura de las tumbas apetece!

Los que aspiráis las flores de la vida,
llenas de aroma de placer y gloria,
no piséis el lugar do convertida
veréis su pompa en miserable escoria.

Mas venid todos los que el ceño airado
del destino mirasteis en la cuna;
los que sentís el corazón llagado
y no esperáis consolación alguna.

¡Venid también , espíritus ardientes,
que en ese mundo os agitáis sin tino,
y cuya inmensa sed sus turbias fuentes
calmar no pueden con raudal mezquino!

Los que el cansancio conocisteis, antes
que paz os diesen y quietud los años....
¡Venid con vuestros sueños devorantes!
¡Venid con vuestros tristes desengaños!

No aquí las horas , rápidas o lentas,
cuenta el placer ni mide la esperanza:
¡quiébranse aquí las olas turbulentas
que el huracán de las pasiones lanza!

Aquí , si os turban sombras de la duda,
la severa verdad inmóvil vela:
aquí reina la paz eterna y muda,
si paz el alma fatigada anhela.

Los que aquí duermen en profundo sueño,
insomnes cual nosotros se agitaron...
Ya de muerte en el letal beleño
sus abrasadas sienes refrescaron.

Amemos, pues, nuestra mansión futura,
única que tenemos duradera...
¡que ilusión de la vida es la ventura,
mas la paz de la muerte es verdadera!

FANTASÍA

¡Oh Antilla dichosa! ¿Qué mágicos sones,
qué luz inefable, qué extraña alegría,
del cielo destierran los negros crespones,
prestando a esta noche la pompa del día?

¿Por qué tan ufana, tan bella la luna
con faz refulgente comienza su giro,
y no hay leve sombra que cruce importuna
su trono esmaltado de plata y zafiro?

¿Por qué de su manto las perlas desprende,
salpica con ellas del campo las flores,
y envuelta en aromas la brisa desciende,
los aires hinchendo de dulces rumores?

¿Por qué los arroyos murmuran suaves,
sus diáfanas ondas cubriendo de espumas?
¿Por qué canto insólito preludian las aves,
de gozo rizando las nítidas plumas?

¿Por qué al tenue soplo de silfos traviesos,
las palmas suspiran, las cañas se mecen,
y allá entre el follaje de bosques espesos
circulan cocuyos, que estrellas parecen?

¿Por qué la mar tiende tranquila sus olas
con ecos que imitan cantar de sirenas,
y forma cambiantes de luz y aureolas,
bordando de nácar las limpias arenas?

De mar, cielo y tierra contemplo asombrada
los nuevos primores , la nueva armonía....
Respóndeme, ¡oh, Cuba!, ¿que genio , qué hada
la presta a la noche la pompa del día?

AMOR Y ORGULLO

Los negros cabellos
al viento tendidos,
los ojos hundidos,
marchita la tez,
hoy llora humillada
la hermosa María,
ejemplo algún día
de altiva esquivez.

Su pecho acongoja
profundo quebranto,
no alivia su llanto
su acerbo dolor;
que en triste abandono
su amante la deja,
de bronce a su queja,
de hielo a su ardor.

El alba tres veces
ha visto su pena,
la luna serena
tres veces también;
y lenta una hora
tras otra ha seguido,
sin que haya traído
ninguna su bien.

Ni un punto la noche
sus ansias sosiega;
que el sueño le niega
su efímera paz:
insomne a los vientos
les cuenta su historia...
Guardo mi memoria
su canto fugaz.

DESPUÉS DE LA MUERTE DE MI MARIDO

Otra vez llanto, soledad, tinieblas...
¡Huyó cual humo la ilusión querida!
¡La luz amada que alumbró mi vida
un relámpago fue!

Brilló para probar sombra pasada;
brilló para anunciar sombra futura;
brilló para morir... y en noche oscura
para siempre quedé.

Tras luengos años de tormenta ruda,
comenzaba a gozar benigna calma;
mas,¡ay!, que sólo por burlar el alma
la abandonó el dolor.

Así la pérfida alimaña finge
que a su presa infeliz escapar deja,
y con las garras extendidas ceja,
para asirla mejor.

El que ayer era mi sostén y amparo,
hoy de la muerte es mísero trofeo...
¡Por corona nupcia me dio Himeneo
mustio y triste ciprés!.

De juventud, de amor, de fuerza henchido,
su porvenir, ¡cuán vasto parecía!...
mas la mañana terminó su día:
¡ya del tiempo no es!

Nada me resta, ¡oh, Dios! Sus rotas alas
pliega gimiendo mi esperanza bella...
Hoy sus decretos el destino sella:
ya irrevocables son.

Al golpe atroz que me desgarra el pecho
quizá mi pobre vida no sucumba;
mas con los restos que tragó esa tumba
se hunde mi corazón.

¡Alma noble y amante!, ¡tú , ante el trono
de la infinita paternal clemencia,
por la que fue mitad de tu existencia
pide, pide piedad!

¡Baje un rayo de luz que alumbre mi alma
en este abismo de pavor profundo,
hasta que pueda abandonar del mundo
la inmensa soledad!

A WASHINGTON

No en lo pasado a tu virtud modelo,
ni copia al porvenir dará la historia,
ni otra igual en grandeza a tu memoria
difundirán los siglos en su vuelo.

Miró la Europa ensangrentar su suelo
al genio de la guerra y la victoria...
pero le cupo a América la gloria
de que al genio del bien le diera el cielo.

Que audaz conquistador goce en su ciencia,
mientras al mundo en páramo convierte,
y se envanezca cuando a siervos mande;

¡mas los pueblos sabrán en su conciencia
que el que los rige libres sólo es fuerte,
que el que los hace grandes sólo es grande!

LOS REALES SITIOS

Es grato, si el Cáncer la atmósfera enciende,
si pliega sus alas el viento dormido,
gozar los asilos que un muro defiende,
con ricos tapices de Flandes vestido.

Es grata la calma dulcísima y leda
de aquellos salones dorados y umbríos,
do el sol, que penetra por nubes de seda,
se pierde entre jaspes y mármoles fríos.

Es grato el ambiente de aquellas estancias
—que en torno matizan maderas preciosas—
do en vasos de china despiden fragancias
itálicos lirios, bengálicas rosas.

Es grato que al Euro —que huyó silencioso—
imiten las bellas moviendo abanicos;
allí do cual tronos del muelle reposo
se ostentan divanes de púrpura ricos.

Y grato en la tarde, con lánguido paso,
salir de entre sedas y pórfidos y oro,
a ver cuál oculta, llegando a su ocaso,
el astro supremo su ardiente tesoro.

Que allí, para verlo, se tienen vergeles
que nunca marchitan estivos ardores;
con bancos de césped, con frescos doseles,
y bosques y fuentes y exóticas flores.

Asilos tan bellos no hubieron las ninfas
que hollaron de Grecia colinas amenas,
ni náyades vieron tan plácidas linfas
cual esas que guardan marmóreas sirenas.

Por eso en las noches del férvido estío
es grato a ese elíseo llamar los placeres;
cubriendo de luces su verde sombrío,

llenando su espacio de hermosas mujeres.

Y aromas y bailes y amores y risas,
en dulces insomnios disfrutan las bellas,
en tanto que vuelan balsámicas brisas
y en tanto que el cielo se cubre de estrellas.

¡Oh, espléndidas fiestas! ¡Oh, alegres veladas,
que brotan al soplo de regia hermosura!
ni silfos, ni genios, ni próvidas fadas
os dieran encantos de tanta dulzura!

No, ¡Granja!, no envidies al noble palacio
que allá San Lorenzo protege vecino;
pues hoy a las gracias encierra tu espacio,
y son los placeres tu plácido sino.

¡Difunde fragancias: amores y risas
en gratos insomnios disfruten las bellas,
en tanto que vuelen balsámicas brisas
y en tanto que el cielo se pueble de estrellas!

SONETO IMITANDO UNA ODA DE SAFO

¡Feliz quien junto a ti por ti suspira,
quien oye el eco de tu voz sonora,
quien el halago de tu risa adora,
y el blando aroma de tu aliento aspira!

Ventura tanta, que envidioso admira
el querubín que en el empíreo mora,
el alma turba, al corazón devora,
y el torpe acento, al expresarla, espira.

Ante mis ojos desaparece el mundo,
y por mis venas circular ligero
el fuego siento del amor profundo.

Trémula, en vano resistirte quiero...
de ardiente llanto mi mejilla inundo...
¡delirio, gozo, te bendigo y muero!

A ÉL

No existe lazo ya; todo está roto:
plúgole al Cielo así; ¡bendito sea!
Amargo cáliz con placer agoto;
mi alma reposa al fin; nada desea.

Te amé, no te amo ya; piénsolo, al menos.
¡Nunca, si fuere error, la verdad mire!
Que tantos años de amarguras llenos
trague el olvido; el corazón respire.

Lo has destrozado sin piedad; mi orgullo
una vez y otra vez pisaste insano...
mas nunca el labio exhalará un murmullo
para acusar tu proceder tirano.

De graves faltas vengador terrible,
dócil llenaste tu misión; ¿lo ignoras?
No era tuyo el poder que, irresistible,
postró ante ti mis fuerzas vencedoras.

Quísolo Dios, y fue. ¡Gloria a su nombre!
Todo se terminó; recobro aliento.
¡Ángel de las venganzas!, ya eres hombre...
Ni amor ni miedo al contemplarte siento.

Cayó tu cetro, se embotó tu espada...
mas, ¡ay, cuán triste libertad respiro!

Hice un mundo de ti, que hoy se anonada,
y en honda y vasta soledad me miro.

¡Vive dichoso tú! Si en algún día
ves este adiós que te dirijo eterno,
sabe que aún tienes en el alma mía
generoso perdón, cariño tierno.

PASEO POR EL BETIS

Ya del Betis
Por la orilla
Mi barquilla
Libre va,

Y las auras
Dulcemente
Por mi frente
Soplan ya.

¡Boga, boga,
Buen remero,
Que el lucero
Va a salir,
Y a occidente
Ledo sube
En su nube
De zafir!

De la tarde,
Que ya expira,
Se retira
Lento el sol,
Y a medida
Que se aleja,
Huellas deja
De arrebol.

Ya a ocultarse
Va sereno
En el seno
De la mar,
Y del cielo
Cae en tanto
Leve llanto
Sin cesar.

Con su riego
Mil olores
Dan las flores
Del pensil,
Halagadas
Por la brisa,
Blanda risa
Del abril.

Busca el nido
Do se mece,
Y adormece
Luego al fin,
En las ramas
Del granado
El pintado
Colorín;

Y allá -lejos
De la orilla-
Ve a Sevilla
Reposar,
De cien torres
Coronada,
Perfumada
De azahar.

¡Sorprendente
Panorama,
Do derrama
Su fulgor,
De la noche
Mensajero,
El lucero
Brillador!

¡Oh!, no esperes
A que muera
La postrera
Claridad;
Boga, boga,
Buen remero
Más ligero,
¡Por piedad!

A LA MUERTE DE DON JOSÉ MARÍA DE HEREDIA

> *Le poète est semblable aux oiseaux*
> *de passage,*
> *Qui ne batissent point leur nid*
> *sur le rivage.*
> Lamartine

Voz pavorosa en funeral lamento,
Desde los mares de mi patria vuela
A las playas de Iberia; tristemente
En son confuso la dilata el viento;
El dulce canto en mi garganta hiela,
Y sombras de dolor viste a mi mente.
¡Ay!, que esa voz doliente,
Con que su pena América denota
Y en estas playas lanza el océano,
«Murió —pronuncia— el férvido patriota...»
«Murió —repite— el trovador cubano»;
Y un eco triste en lontananza gime,
«¡Murió el cantor del Niágara sublime!»

¿Y es verdad? ¿Y es verdad?... ¿La muerte impía
Apagar pudo con su soplo helado
El generoso corazón del vate,
Do tanto fuego de entusiasmo ardía?
¿No ya en amor se enciende, ni agitado
De la santa virtud al nombre late?...
Bien cual cede al embate
Del aquilón el roble erguido,
Así en la fuerza de su edad lozana
Fue por el fallo del destino herido...
Astro eclipsado en su primer mañana,
Sepúltanle las sombras de la muerte,
Y en luto Cuba su placer convierte.

¡Patria! ¡Numen feliz! ¡Nombre divino!
¡Ídolo puro de las nobles almas!
¡Objeto dulce de su eterno anhelo!
Ya enmudeció tu cisne peregrino...

¿Quién cantará tus brisas y tus palmas,
Tu sol de fuego, tu brillante cielo?...
Ostenta, sí, tu duelo;
Que en ti rodó su venturosa cuna,
Por ti clamaba en el destierro impío,
Y hoy condena la pérfida fortuna
A suelo extraño su cadáver frío,
Do tus arroyos, ¡ay!, con su murmullo
No darán a su sueño blando arrullo.

¡Silencio!, de sus hados la fiereza
No recordemos en la tumba helada
Que lo defiende de la injusta suerte.
Ya reclinó su lánguida cabeza
—De genio y desventuras abrumada—
En el inmóvil seno de la muerte.
¿Qué importa al polvo inerte,
Que torna a su elemento primitivo,
Ser en este lugar o en otro hollado?
¿Yace con él el pensamiento altivo?...
Que el vulgo de los hombres, asombrado
Tiemble al alzar la eternidad su velo;
Mas la patria del genio está en el cielo.

Allí jamás las tempestades braman,
Ni roba al sol su luz la noche oscura,
Ni se conoce de la tierra el lloro...
Allí el amor y la virtud proclaman
Espíritus vestidos de luz pura,
Que cantan el hosanna en arpas de oro.
Allí el raudal sonoro
Sin cesar corre de aguas misteriosas,
Para apagar la sed que enciende al alma
—Sed que en sus fuentes pobres, cenagosas,
Nunca este mundo satisface o calma.—
Allí jamás la gloria se mancilla,
Y eterno el sol de la justicia brilla.

¿Y qué, al dejar la vida, deja el hombre?
El amor inconstante; la esperanza,

Engañosa visión que lo extravía;
Tal vez los vanos ecos de un renombre
Que con desvelos y dolor alcanza;
El mentido poder; la amistad fría;
Y el venidero día
—Cual el que expira breve y pasajero—
Al abismo corriendo del olvido...
Y el placer, cual relámpago ligero,
De tempestades y pavor seguido...
Y mil proyectos que medita a solas,
Fundados, ¡ay!, sobre agitadas olas.

De verte ufano, en el umbral del mundo
El ángel de la hermosa poesía
Te alzó en sus brazos y encendió tu mente,
Y ora lanzas, Heredia, el barro inmundo
Que tu sublime espíritu oprimía,
Y en alas vuelas de tu genio ardiente.
No más, no más lamente
Destino tal nuestra ternura ciega,
Ni la importuna queja al cielo suba...
¡Murió!... A la tierra su despojo entrega,
Su espíritu al Señor, su gloria a Cuba;
¡Que el genio, como el sol, llega a su ocaso,
Dejando un rastro fúlgido su paso!
. . . .

AMOR Y ORGULLO

Un tiempo hollaba por alfombras rosas;
y nobles vates, de mentidas diosas
prodigábanme nombres;
mas yo, altanera, con orgullo vano,
cual águila real a vil gusano,
contemplaba a los hombres.

Mi pensamiento —en temerario vuelo—
ardiente osaba demandar al cielo
objeto a mis amores,
y si a la tierra con desdén volvía
triste mirada, mi soberbia impía
marchitaba sus flores.

Tal vez por un momento caprichosa
entre ellas revolé, cual mariposa,
sin fijarme en ninguna;
pues de místico bien siempre anhelante,
clamaba en vano, como tierno infante
quiere abrazar la luna.

Hoy, despeñada de la excelsa cumbre
do osé mirar del sol la ardiente lumbre
que fascinó mis ojos,
cual hoja seca al raudo torbellino,
cedo al poder del áspero destino...
¡Me entrego a sus antojos!

Cobarde corazón, que el nudo estrecho
gimiendo sufres, dime: ¿qué se ha hecho
tu presunción altiva?
¿Qué mágico poder, en tal bajeza
trocando ya tu indómita fiereza,
de libertad te priva?

¡Mísero esclavo de tirano dueño,
tu gloria fue cual mentiroso sueño,
que con las sombras huye!
Di, ¿qué se hicieron ilusiones tantas
de necia vanidad, débiles plantas
que el aquilón destruye?

En hora infausta a mi feliz reposo,
¿no dijiste, soberbio y orgulloso:
—¿Quién domará mi brío?
¡Con mi solo poder haré, si quiero,
mudar de rumbo al céfiro ligero
y arder al mármol frío!

¡Funesta ceguedad! ¡Delirio insano!
Te gritó la razón... Mas ¡cuán en vano
te advirtió tu locura!...
¡Tú mismo te forjaste la cadena,
que a servidumbre eterna te condena,
y a duelo y amargura!

Los lazos caprichosos que otros días
—por pasatiempo— a tu placer tejías,
fueron de seda y oro;
los que ahora rinden tu valor primero,
son eslabones de pesado acero,
templados con tu lloro.

¿Qué esperaste, ¡ay de ti!, de un pecho helado
de inmenso orgullo y presunción hinchado,
de víboras nutrido?
Tú —que anhelabas tan sublime objeto—
¿cómo al capricho de un mortal sujeto
te arrastras abatido?

¿Con qué velo tu amor cubrió mis ojos,
que por flores tomé duros abrojos,
y por oro la arcilla?...

¡Del torpe engaño mis rivales ríen,
y mis amantes, ay, tal vez se engríen
del yugo que me humilla!

¿Y tú lo sufres, corazón cobarde?
¿Y de tu servidumbre haciendo alarde
quieres ver en mi frente
el sello del amor que te devora?...
¡Ah! Velo, pues, y búrlese en buen hora
de mi baldón la gente.

¡Salga del pecho —requemando el labio—
el caro nombre de mi orgullo agravio,
de mi dolor sustento!...
¿Escrito no le ves en las estrellas
y en la luna apacible que con ellas
alumbra el firmamento?

¿No le oyes, de las auras al murmullo?
¿No le pronuncia —en gemidor arrullo—
la tórtola amorosa?
¿No resuena en los árboles, que el viento
halaga con pausado movimiento
en esa selva hojosa?
De aquella fuente entre las claras linfas,
¿no le articulan invisibles ninfas
con eco lisonjero?...
¿Por qué callar el nombre que te inflama,
si aún el silencio tiene voz, que aclama
ese nombre que quiero?...

Nombre que un alma lleva por despojo;
nombre que excita con placer enojo,
y con ira ternura;
nombre más dulce que el primer cariño
de joven madre al inocente niño,
copia de su hermosura;

y más amargo que el adiós postrero
que al suelo damos, donde el sol primero
alumbró nuestra vida,
nombre que halaga y halagando mata;
nombre que hiere —como sierpe ingrata—
al pecho que le anida.

¡No, no lo envíes, corazón, al labio!
¡Guarda tu mengua con silencio sabio!
¡Guarda, guarda tu mengua!
¡Callad también vosotras, auras, fuente,
trémulas hojas, tórtola doliente,
como calla mi lengua!

A UNA ACACIA

¡Árbol que amé! Te reconozco: en vano
el ábrego inclemente, el bóreas ronco,
con empeño tirano
contra tu pompa y majestad conspiran,
y en torno hacinan de tu mustio tronco
tus hojas, ¡ay! que murmurando giran.

Te reconozco, sí; que tu mudanza
no es mayor, no, que la mudanza mía.
Marchita, cual tus ramas, mi esperanza;
perdida, cual tus hojas mi alegría;
más que te quiso en tu verdor florido,
-cuando, cual tú, lozano se sentía-
hora te quiere el corazón herido,
contemplando tu duelo
bajo ese opaco y macilento cielo.

¡Ay! que también sus bóvedas etéreas
a mudanza cruel condena el hado...
Hoy luce un sol nublado
entre sombras aéreas,
que dudoso color visten al día;
y en el blando sosiego de la noche,
-bajo tu copa umbría-
en otro tiempo he visto placentera
surcar la luna, en esmaltado coche,
el campo azul de la tranquila esfera.

Entre tus ramas trémulas, su rayo
filtraba puro a iluminar mi frente;
mientras que el aura del risueño Mayo,
en gratos sones de mi lira ardiente,
rápida difundía
un nombre dulce, de inefable encanto...
Que sorda murmuró la fuente fría,
que el ave insomne repitió en su canto,
y allá distante -en el herboso hueco

de la gruta sombría-
volvió a mi oído melodioso el eco.

¡Liras del corazón! ¡Voces internas!
¡Divinos ecos del celeste coro
en que glorias sin fin, dichas eternas
e inagotable amor, en arpas de oro
cantan los serafines abrasados,
en alfombra de soles reclinados!
¡Oh, cómo entonces en el alma mía
resonar os sentí! Del pecho hirviente,
cual rápido torrente,
brotaba sin cesar la poesía...
Y un santo juramento
-que el labio apenas pronunciar osaba–

en alas del amor al firmamento
desde el fogoso corazón volaba,
allá en el infinito
su inmenso porvenir buscando escrito.

¿ Y de esta suerte pudo
mentir el alma y engañar el cielo?
¿Una efímera flor -lujo del suelo-
es de la dicha el triste simulacro,
y en un alma inmortal el fuego sacro
del sentimiento vívido y profundo,
existe y muere sin dejar señales,
cual árbol infecundo
o como planta en yermos arenales?...

¿Do llevaron los vientos
tantos de amor dulcísimos acentos,
tantos delirios de esperanza bella?
Aquellas dulces horas
que fueron ¡ay! cual deliciosas, breves,
¿adónde huyeron sin dejar ni huella?...
Al sacudir sus alas bramadoras
entre tus hojas. leves,
¡árbol querido! el aquilón sañudo

-que envuelto en nieblas por los aires zumba-
cual tu tronco, desnudo
dejó mi corazón, y mis amores
con tus marchitas flores
hundió a la par en ignorada tumba.

Igual hado nos cabe:
por eso te amo y a buscarte vuelvo
cuando te deja tu verdor suave;
que pasajero fue, cual la esperanza
de mi ya mustio corazón. La suerte
de tu pompa fugaz también alcanza
a mis dichas mezquinas;
y el astro sin calor, que alumbra inerte
tus míseras ruinas,
la imagen es del pálido recuerdo
de aquel amor que para siempre pierdo.

Mas volverá, con Mayo,
la alegre primavera,
y tu beldad primera
tornará a darte el sol...

Sucederán las auras
a vientos bramadores,
y a lívidos vapores
las nubes de arrebol.

De la africana costa,
do vaga peregrina,
veloz la golondrina
te volverá a buscar;

que en tus pobladas ramas,
bajo dosel florido,
vendrá a labrar su nido,
atravesando el mar.

Y en torno revolando
de tu frondosa copa,

verás alegre tropa
de pajarillos mil...

Y con aromas puros,
-que al florecer exhalas-
perfumarás las alas
del céfiro gentil.

¿Por qué llorar tu suerte?
¿Por qué gemir tu duelo?
Que te marchite el hielo,
te azote el aquilón...

Tus gérmenes de vida
no agotan sus rigores;
cual tus perdidas flores
las que recobras son.

De un verdor te desnudas,
y otro verdor te cubre;
lo que te quita Octubre,
te restituye Abril.

Hoy eres a mis ojos
vestigio abandonado,
mañana honor del prado
y orgullo del pensil.

¡Mas nunca reverdecen
marchitas ilusiones!
¡No tienen estaciones
los yermos del dolor!

¡A revivir ni un día
ningún poder alcanza
de efímera esperanza,
la deshojada flor!

¿Qué sol habrá que venza
al desengaño esquivo,

y su calor nativo
a un alma yerta dé?

El fuego que a natura
de vida ardiente inflama,
¡no enciende, no, la llama
de la extinguida fe!

¡Sufre los aquilones,
oh árbol afortunado,
que a restaurarte -tras su soplo helado-
el dulce aliento del Favonio esperas!
Cuando esa, que depones,
pompa gentil te restituya Mayo,
y tus flores primeras
broten del sol al fecundante rayo,
la triste lira mía
no templaré para cantar tu gloria,
ni una insana memoria
vendré a abrigar bajo tu copa umbría...

Mas pueda entonces, pueda,
rica de aromas, de verdor y flores,
(¡esta esperanza a mi dolor le queda!)
sombra prestar a mi sepulcro frío...
Y cuando torne el aquilón impío
a marchitar tus plácidos colores,
las ramas melancólicas inclina
sobre mi humilde losa;
y en hora silenciosa,
-cuando la noche lóbrega domina
las lánguidas esferas,
y esparce su narcótico beleño-
que tus hojas postreras
giren en torno, y a mi eterno sueño
con lúgubre murmullo
benignas den el postrimer arrullo!

A UN COCUYO

Dime, luz misteriosa,
Que ante mis ojos vagas,
Y mi interés despiertas,
Y mi vigilia encantas,

¿Eres quizás del cielo
Lumbrera destronada,
Que por la tierra mísera
Peregrinando pasas?

¿Eres un genio o silfo
De nuestra virgen patria,
Que de su joven vida
Contienes la ígnea savia?

¿Eres de un ser querido
Quizás errante ánima,
Que a demandarme vienes
Recuerdos y plegarias;

O bien fulgente chispa
De las brillantes alas
Con que sostiene al triste
La célica esperanza?

No sé; más cuando luces
Hermosa a mis miradas,
De tropicales noches
En la solemne calma

—Ya exhalación perdida
Cruces la esfera diáfana,
Ya cual la brisa juegues
Meciéndote en las cañas;

Ya cual diamante puro
Te engastes en las palmas,

Cuyo susurro imitas,
Cuyo verdor esmaltas—;

Paréceme que siento
Revelación extraña
De místicos amores
Entre tu brillo y mi alma.

Paréceme que existen
Secretas concordancias
Entre el afán que oculto
Y entre el fulgor que exhalas.

¡Oh, pues, lucero o silfo,
Ánima o genio, lanza
Más vívidos destellos
Mientras mi voz te canta!

Los sones de mi lira,
Las chispas de tu llama,
Confúndanse y circulen
Por montes y sabanas,

Y suban hasta el cielo
Del campo en la fragancia,
Allá do las estrellas
Simpáticas los llaman...

¡Allá do el trono asienta
El que comprende y tasa
De toda luz la esencia,
De todo afán la causa!

AL ÁRBOL DE GUERNICA

Tus cuerdas de oro en vibración sonora
Vuelve a agitar, ¡oh lira!,
Que en este ambiente, que aromado gira,
Su inercia sacudiendo abrumadora
La mente creadora,
De nuevo el fuego de entusiasmo aspira.

¡Me hallo en Guernica! Ese árbol que contemplo,
Padrón es de alta gloria...
De un pueblo ilustre interesante historia...,
De augusta libertad sencillo templo,
Que —al mundo dando ejemplo—
Del patrio amor consagra la memoria.

Piérdese en noche de los tiempos densa
Su origen venerable;
Mas ¿qué siglo evocar que no nos hable
De hechos ligados a su vida inmensa,
Que en sí sola condensa
La de una raza antigua e indomable?...

Se transforman doquier las sociedades;
Pasan generaciones;
Caducan leyes; húndense naciones...
Y el árbol de las vascas libertades
A futuras edades
Trasmite fiel sus santas tradiciones.

Siempre inmutables son, bajo este cielo,
Costumbres, ley, idioma...
¡Las invencibles águilas de Roma
Aquí abatieron su atrevido vuelo,
Y aquí luctuoso velo
Cubrió la media luna de Mahoma!

Nunca abrigaron mercenarias greyes
Las ramas seculares,
Que a Vizcaya cobijan tutelares;

Y a cuya sombra poderosos reyes
Democráticas leyes
Juraban ante jueces populares.

¡Salve, roble inmortal! Cuando te nombra
Respetuoso mi acento,
Y en ti se fija ufano el pensamiento,
Me parece crecer bajo tu sombra,
Y en tu florida alfombra
Con lícita altivez la planta asiento.

¡Salve! La humana dignidad se encumbra
En esta tierra noble
Que tú proteges, perdurable roble,
Que el sol sereno de Vizcaya alumbra,
Y do el Cosnoaga inmoble
Llega a tus pies en colosal penumbra!

¿En dónde hallar un corazón tan frío,
Que a tu aspecto no lata,
Sintiendo que se enciende y se dilata?
¿Quién de tu nombre ignora el poderío,
O en su desdén impío,
Tu vejez santa con amor no acata?

Allá desde el retiro silencioso
Donde del hombre huía
— Al par que sus derechos defendía —,
Del de Ginebra pensador fogoso,
Con vuelo poderoso,
Llegaba a ti la inquieta fantasía;

Y arrebatado en entusiasmo ardiente
— Pues nunca helarlo pudo
De injusta suerte el ímpetu sañudo —,
Postró a tu austera majestad la frente
Y en página elocuente
Supo dejarte un inmortal saludo.

La Convención Francesa, de su seno

Ve a un tribuno afamado,
Levantarse de súbito, inspirado,
A bendecirte, de emociones lleno...
Y del aplauso al trueno
Retiembla al punto el artesón dorado.

Lo antigua que es la libertad proclamas...
— ¡Tú eres su monumento! —
Por eso cuando agita raudo viento
La secular belleza de tus ramas,
Pienso que en mí derramas
De aquel genio divino el ígneo aliento.

Cual signo suyo mi alma te venera,
Y cuando aquí me humillo
De tu vejez ante el eterno brillo,
Recuerdo, roble augusto, que doquiera
Que el numen sacro impera,
Un árbol es su símbolo sencillo.

Mas, ¡ah!, ¡silencio!... El sol desaparece
Tras la cumbre vecina,
Que va envolviendo pálida neblina...
Se enluta el cielo..., el aire se adormece...
Tu sombra crece y crece...
¡Y sola aquí tu majestad domina!